生きる喜びをもう一度

渡邊美保
Miho Watanabe

日本文学館

まえがき

～悲しみと向き合う中で見出した輝き～

私は、最愛の母、夫の、自らで命を断つ自殺でこの世を去っていった姿を目の当たりにした。何故、このような悲しい出来事が、繰り返されなければならないのか？　何故、私が、こんな目にあうのか？　自問自答の日々が続いた。悲しみで目の前が暗雲で見えず、不安でたまらない日々をさまよい歩いていた。幼い我が子二人を抱え、私一人でどうやって生きていけばよいのか？　悲しみが悲しみをより大きくしていく日々が続いた。

そんな時、自らの不安を断ち切るように、遺族ケアに通い、親せき、兄弟に相談したりグリーフケアをするためのセミナーに通ったりし、私自身、もう一度人生を振り返り、その原因は何処にあるのかを探し求めていた。

そうしていく中で、私を気遣ってくれた親せきの人が、すばらしい生き方をしているご夫婦を紹介して下さったのである。その、ご夫婦が、私のことを気遣って下さり、私の気持ちの深い所までくみとって下さり、よき師とめぐり合うきっかけを下さった。そのお陰で私の目の前の暗雲が徐々に薄れていった。そして、この経験を世の中におくり出すことで、読んだ人がもっと生きる喜びを感じる人へ生まれ変わるきっかけにして下さればという願いを込めて筆を執ることにしたのである。

そして、私は、身の回りで起こる幸、不幸の数々には、とても大きな意味があるのではないか、と感じている。

私は、生きる喜び、生かされている喜びをもう一度、沢山の人や本、芸術などの出会いの中から見出すことが、より人生を豊かなものへと変えていくのだと確信している。

日々、自分の心を高める努力をし、自分というものを見つめ直し、生きる喜びをもう一度、心の底から噛みしめることの出来る自分へ、生まれ変わるチャンスが巡ってきているのだと信じたい。

その中で、自分の心を粗末にする人、粗末に扱うことが、他人の心までも傷つけてしまうことにつながる、ということに気づかされたのである。

自分との心の対話を楽しみ、喜びを得ることによって、人はより、他人との対話を楽しみ、喜びを感じる力をつける心を築くことができる。世界に広がりさえも感じることができる豊かな心へと生まれ変わっていくのだ。

自分の心の深きを知れば、人の心の深きも知ることにつながる。

それは、人と人とが、高め合うために、この世に生を授かったことを意味する。

だからこそ、自分の心との対話を大切にし、より多くの人達との心の対話を大切にし、新たな人生の希望を見出していける自分へと生まれ変わりたいと強く願っている。

そして、何より、この世の人が、自殺という悲しい道を歩むことのないよう、強く願っている。

生きる喜びをもう一度　もくじ

一　悲しみの中で……

悲しみとは

悲しみは、人をどん底に突き落とすものであるが、突き落とすだけのものではない。

悲しみは、人により多くの幸せを感じる力を与えてくれる。どんなことも喜ぶことのできる自分へと生まれ変わることができる。

普通に生活できるということのすばらしさを、自分自身の心と身で、精一杯感じることのできる自分へと生まれ変わっていくのだ。

沢山の出会いに感謝し、心の底から喜びを感じることができるようになった時、人は、より多くの幸せを見出せる人へと成長していくのだ。

失うということ

人は、失った人、物、病気などから悲しみを感じ、そこから新たなことへ出会うきっかけができる。

人は悲しむからこそ人を大切にすること、自分を大切にすることを学ぶ。

人は悲しみが大きい分、成長し、幸せが幸せと思えるのは、そのためだろう。

人は人を愛し、愛され喜びを増していく。

人とのつながりから、いろいろな自分を発見し成長していく。

大切なことは、失ったという悲しみから逃げないこと。悲しみをおそれないこと。悲しみを、自分の中の大切な物だと感じること。

そこから新たな人生が始まる。その先にはそこ知れぬほどの、大きな喜びと、幸せが、待っていると信じて。

人は弱いものだからこそ

人は、自分の弱さと向き合いながら成長していく。

自分の弱さと闘う時、自分だけでは心細いと感じるならば、人を頼りにして、助けを求めていけばよい。

人とのつながりを大切にしていけば、きっと、良い師に、良い人に巡り合えるはずだ。

自分の心を理解してくれる人、自分の思いを成長させてくれる人に出会うということはかけがえのないことである。

その出会いの中から、人は強さを見出していくことができる。

人は、弱いからこそ成長できる。そう信じて生きていきたい。

かけがえのない人を失った時

私にとって、力を与え続けてくれた、かけがえのない人を失った時、見出したこと。

それは、相手を思いやり、尊いものだと思うことの大切さだった。

人は、弱いからこそ、自分への思いやりを大切にし、その中から、人を思いやることの大切さを学んでいく。

かけがえのない人を失った時。悲しみは、あまりにも大きく辛いものである。

だからこそ、本当に大切なことに気づいていき、そのことを生かしていかなければならないことに気づいたのである。

悩みは、自分の中だけで解決するのではなく、本や人との出会いから、人を思いやる気持ちの大切さを、自分を思いやる大切さを学び、それを生かしていくことで、自然と解決していくものである。

どんな過去にも意味がある

自らの、辛く悲しい過去を振り返ることは、とても勇気のいることだ。

でも、その過去は、いろいろなメッセージを残していることも少なくはない。

無駄なことなど、この世には存在しないのだ。その中には、自らが成長できる、宝石でいうならば、原石ともいえる物が多くあるとすら思える。

その辛く、悲しい過去も、何か意味を持っていて、自らを高めるためにある。

自らの成長の糧として、それを最大限に生かそうとする心が、人を成長へと導いていく。

自らを見つめ直し、「こうすれば、失敗の多き過去も自分の人生に生かしきることが出来る」、そのことに気づけば、新しい自分へ生まれ変わることができるのだ。過去を生かせる自分へ、生まれ変わっていきたい。

二　愛すること、愛されること

■私が一番幸せを感じることが出来た時

それは、夫を支えることが出来た時。

夫と、喜びや悲しみを分かち合える時間を沢山持てた時。

夫が喜ぶことを知りながら、料理を作り、それを楽しみに電話をかけてきてくれた、夫の姿を忘れない。

「今日の御飯なーに。」と無邪気に聞いてくるあなたを愛しく思っていた。

毎日、早く帰ってきてくれ、お昼御飯も楽しみにして、休憩中毎日、帰ってきてくれたね。

それが、私の幸せだった。

夫の喜ぶ顔を見ることが私の幸せだった。

でも、その幸せを噛みしめることができず、その幸せを心の底から幸せと思うことができず、違う幸せを求めようと必死になった。

自分の体をいたわることなく走り続け、夫を傷つけた。夫に愛情を注ぎ続けたかった。

夫の心からの笑顔や優しさに触れていたかった。

失って初めて気づいたこと。それは、夫への思い、夫から私への優しさ。早く気付いてあげれば良かった。

お互い、もっと、もっと、わかり合おうとすれば良かった。

そこに、幸せがあるのだから……。

あなたの死と向き合ったからこそわかった
人を愛するということ

私は、悲しみを、どう扱い、どのように生きていけばよいのか悩んだ。

悲しみは、とどまることを知らず、夫への愛しさが深まっていき、どうしてこうなってしまったのか、知りたい気持ちで一杯になった。

人を愛するということは、その人を心の底から理解したいという気持ちなのだと気づいた。

夫を愛しいと思えた時、何故、死を選ばなければならないほど追いつめられてしまったのか、知りたい気持ちで一杯になる。

夫を愛したからこそ、愛しているからこそくる、この思い。

止まらない夫への思いが知りたいという思いへ向かっていく。

優しかった夫、怒っていた夫、甘えん坊だった夫、その全てを、今になってようやく、愛せるようになったのかもしれない。

失ってから気づいても遅いのかもしれない。
でも、人を心の底から愛することを教えてくれた、かけがえのない経験。
だからこそ、夫のことを、今でも愛しています。

人を大切に出来る自分へ……

あなたの優しさは海よりも深かった。

私を包み込んでくれるような人だった。

どんな自分も好きと言ってくれた。愛してくれた。

どんなつらい時でも、あなただけは私の味方でいてくれた。

だからこそ、失った時の悲しみは大きい。

私も、同じように、あなたを愛してあげることが出来たら良かったのに……。

あなたが、そばに居てくれることに安心して、すぐに無理をして、あなたを傷つけた。

無理をすると、自分を大切にしていないことにつながるから、人にもムチを打とうとする。

あなたも、同じように動いて……と。

無理をすることが、こんなにも人を傷つけることになるとは気づかなかった。

自分を大切にできる、生活のリズム、進む道を、自分の力で見出し、人を傷つけない自分へと生まれ変わりたいと願っている。

優しさ

優しさは、どこから生まれてくるの？

それは、相手を大切で、かけがえのない存在と思う気持ちから生まれてくる。

かけがえのない存在だからこそ、素直に相手を思いやることが出来るのだろう。

それに気付かず生活していると、自然と見失っていくものでもある。

常に、沢山の人との出会いを求め、優しさに触れ、本や音楽、芸術などと出会いを求め優しさに包まれ、自分の心を見つめ直すことが出来れば、人は、いつでも優しくなれる。

私は、そう信じている。

三　辛く険しい道も

成長することへの喜び

人は何故、成長することを望むのか？

それは、自分には無限の可能性があると信じることが出来るようになったことを意味する。

自らを高め、成長していくことの喜び。

それは、生きているということを、心の底から実感していくことにつながっていく。

辛く険しい道も、自分だから乗り越えられると信じたい。

その先には、今まで見たことのない、感じたことのない景色が広がっていると信じて。

この心がいやされるその日まで

あなたを思えば思うほどせつなさがこみあげてくる。

あなたを思えば思うほど、苦しみが押し寄せてくる。

でも、あなたのことを考えていると、私が歩んできた道が、あなたと出会うためにあったと思える。

この悲しみも、本当に意味があるものに思える。

だからこそ、自分の心がいやされるその日まで、あなたのことを思い続けていきたいと思う。

落ち込むということ

落ち込むということは悪いことではない。

ただ、落ち込みすぎると、やがて、その渦に巻き込まれ、自分を苦しめることになる。

だからこそ、落ち込んだ時には、キレイな物に出会ったり、人との出会いを求め、助けを求め、生きる喜びを見出していくことこそが大切で、それが心の栄養となる。

生きる力となる。

生きる力を日々、磨いていく中で、生きる喜びが、ふたたび芽を出し、キレイな花を咲かせ輝きを放っていくことにつながっていくのだから……。

人を傷つけるということ

人を傷つけるということは、どんなに重い罪になることか。

人を傷つけることは、人の命さえも奪ってしまう。

人を弱くさせ、人の生きる力さえ失わせてしまうのだ。

それは、傷ついた人の心の傷口をより大きくし、生きづらさを感じさせてしまうことにつながるのだ。

それに気づかずに過ごしていけば、人は、やがて大きな壁にぶつかることになるだろう。

罪を認めざるをえない状況に陥ることになるだろう。

だからこそ、人は人を思いやる気持ちを忘れてはいけない。

人を大切にしていけば、自然と幸せになっていける。

人は尊いものだと感じ、気づきさえすれば人は生まれ変われる。

人を傷つけることではなく、人を愛するということを、沢山の人との出会いの中から、見出していこう。

そのためには、心温まる人との出会いを自らの力で求め続け、進んでいくしかないのである。

傷つくことは悪いことではない

傷つくことは悪いことではない。

傷つくということは、人間が人として当たり前のこと。

ただ、傷ついた時には、よく周りを見渡して人に相談すること。

その傷を深めないために、人は人を頼っていいのだから。

人は人と歩むためにいる。

その傷を理解してくれる本当の理解者に出会うよう、心を開いていくしか、心の傷をいやす方法はない。

人は、そうやって傷ついた心をいやし、成長していく。

あたたかい心に触れ、人の良さを改めて感じることが出来た時、人は、生きている喜びが得られるのだから……。

立ち止まってもいい、少しずつ前へ向かう勇気を持って生きていこう。

四　自分の気持ちに素直に生きよう

素直でいよう

自分が、どんな気持ちでいるのか、自分を見つめ直そう。どんな人を必要としているのか考えよう。

それを、少しずつ自分にプレゼントしていこう。

自分の心と向き合うことで、自分は素直になれるのだから。

素直になれた時、人は人を大切にする意味を知ることになるだろう。

こんなにも、人との出会いを求めている自分。

人を大切にすることを知らずに過ごしていたら、また傷つけ合う自分に戻ってしまう。

本当は、私自身、誰を愛しく尊く思っているのか、その人は、私に何を望んでいるのか、素直に見つめ直せる自分になりたい。

素直にあなたに対する思いに気づき、大切に思うことから、思いやりは生まれてくる。

人はいずれ失うものだからこそ

人はいずれ、死にゆくもの。この世から去らなくてはいけないということが基本にある。

だからこそ、自分を尊いものだと思い、日々いたわりの気持ちを抱き、生活していくこと。日々の生活や物事にも、尊いものとして向き合っていくことを大切にしていくことで充実した一日を送ることになる。

周りの人、全てを幸せにしたいと思ったならば、まずは、日々の積み重ねを大切にし、周りの人全てに、かけがえのない人として接していくことが必要になる。

その準備は、やはり日々の積み重ねで、大きくも小さくもなってしまう。

大切な自分、人を失わないようにするにはどうすべきか、常に自分と向き合うことで見出していけたらと思う。

不安でたまらなくなった時

この先、私自身、どのように歩んでいったらよいのか、不安でたまらなくなった時。私の中で、何かが変わり始めていた。

いやされる人、物の中に包まれていたい。生活や環境を整えることの大切さに気づく。

でも、やはり心が追いついてこない。気づいても思うように行動に移せない自分がいるのだ。

人は、人の支えなしでは、この先どう歩んでよいのか分からなくなる時があるのだ。

だが、求め続けている限り、不安を吹き飛ばすことが出来るような、師、人と出会うことができるのだ。

語り合いの中で、自分が今感じている思いを、そのまま表現していく大切さに気づいた。

自分は、どんな人と関わり合いたいのか、
自分は、どんなものに触れていたいのか、
自分はどんなものに包まれていたいのか、
それに気づき、求め、それを創り出していけば、それはきっと不安を消し去る、
いやしへとつながっていくのだろう。

五　いやされていく中で

人は本当の悲しみに出会った時にこそ

人は本当の悲しみに出会った時にこそ、自らの手で、自分の心をいやす事の意味を知る。

自らの手でいやすというのは、私の様に、自分の溢れ出す感情を、自分の言葉で表現したり、自分の思いを芸術の中にぶつけるなどして、自らがいやされると思う物を創り出していくことなのだ。

こんな物があったら、自分の心がいやされるだろう。

こんなことをしたら自分の心がいやされるだろう。

そういうことを、自らの手で切り開いていけば、そこには無限の可能性が開かれていくのだ。

自分本来の輝きを取り戻すことへつながっていくのだ。

だからこそ、未来の自分と向き合うことを大切にしていきたい。

自らでつくり出す暗闇

みんなが、当たり前のように話す、私にとっては幸せな話を、ただ聞いている。
そのことがつらかった。
悩みのない人たちの話を聞くことが、私の心には、かなりの負担だった。
私は、今、当たり前のようなことが、うらやましくもあり、妬ましくもあるのだ。
そんな自分が嫌で、その人はその人なんだと思うことができず、苦しくなった。
私には、私にしか咲かせられない花があることに気づきかけていたはずなのに
……。

それを、見失いそうな自分がいた。
心に重くのしかかる、人の幸せ。
人の幸せを喜べる自分になりたい。
自分には、自分にしかない幸せがあるのだと信じて生きていきたい。

どんな人とも向き合える自分へ……

相手に、何を伝えたいのか、自分はどんな思いを抱いたのか、自分の思いをしっかりと受け止めながら伝えようとする気持ち。

そこから新たな人生が切り開かれる。

自分の思いを、しっかりと受け止められるようになるためには、自分を見つめ直す時間が大切となってくる。

相手に、伝わらないことは、この世には何一つないのだ。

相手の気持ちを思いやりながら、自分の気持ちに素直に向き合うことを続けていけば、おのずと先が見えてくる。

相手の良心に訴え、気持ちをほぐしながらどんな相手とも向き合える自分に生まれ変わることができたなら、どんなに楽しいだろう。どんなにすがすがしいだろう。

そんな方法を沢山見出せる自分になりたいと願っている。

新しい自分へ生まれ変わるために

辛く悲しい過去の記憶を捨て去ることが出来たなら、どんなにラクだろう。と思うことがある。

自分の頭の中を真っ白にして、新しい物を取り入れる、産まれたての赤ちゃんのように。

人として、良い物、人に沢山出会い、次々と吸収して育っていくことができたら。

だが、辛く悲しい過去があったからこそ、物事をいろいろな方向から見つめ直す自分になれたのだ。

だからこそ、自分の思いを吐き出し、心の整理整頓をし、その過去から得た物を大切にし、新たな自分へ生まれ変わるために、沢山の出会いを求め続けていきたい。

自分を苦しめている悩みをバネにして

自分を苦しめている思い出たちと別れを告げ、決別することが出来たら、どんなにラクだろう。

自分を苦しめている気持ちに負けない自分になれたら、どんなにすばらしいことだろう。

自分にとって、マイナスとも思える力も、バネにできたら、どんなにいいだろう。

その苦しみを踏み台にし、思いっきり、ジャンプしたい。

思いっきりジャンプして、また一つ上の段へ進みたい。

ジャンプするということは、しっかりと地に足をつけ、思いっきり力を込めること。そのパワーをしっかりと蓄えることができたらきっと悩みさえも、どこかへ吹き飛んでしまうだろう。

悩みを、自分のバネにし、より前へ進んでいこう。

六　生きていく中で

生きている実感を味わおう

人は、自分の体を可能な限り動かすことに喜びを感じることができた時、生き生きとした自分へ生まれ変わることができる。

決して無理をするということではなく、生きているという実感を肌と体全体で感じるということだ。

些細な出来事、悩みですら、体を動かすことで吹き飛ばすことができるのだ。体力を育み、生きる力として身につけていくのである。

人は人として、人だからこそ出来ることをしていこう。

まずは、自分が出来そうだと思えることからスタートし、無理をせず、ゆっくりと一つ一つのことに向き合う努力を忘れず、過ごしていこう。

そこには、生き生きと輝きを放つ自分がいるということを信じて……。

子どもたちと向き合う中で

子どもたちと向き合う中で得たこと。

それは、親である私に対して、いつも強く優しさに溢れる力を持った私に、いつも触れていたいと思う子どもたちの気持ちであった。

「ママは強いんだから」

「ママとこんなことがしたい」

「ママ、キレイな物見に行こう」

いろいろな欲求が山のように出てくる。

そういった素直な気持ち、自分をありのままに表現する環境を創りあげていくことの大切さを知る。

困った時こそ、互いが歩み寄り、助け合い見つめ合い、喜びを見出していくことが、家庭での日々の生活では、大切になってくるのだ。

子どもたちと向き合う中で得たもの。

それは、人が人と関わる基本、原点なのだと気づいた。

子どもがいない理由

この世の中には、子どもが出来ない、もしくは、失った家族もある。

子どもがいない人は、いないからこそ、その人でしかできない大きな役割を、この世に生きる上で果たさなければならないからのような気がするのである。

子どもがいないからこそわかることがある。

子どもがいないからこそ出来ることが沢山ある。

人の気持ちを、違った角度から、発見できる力をつけることができるのだ。

人は、それぞれ、この世に生まれ、与えられた役割が違うからこそ、人は人として生きる価値を見出すことができるのだ。

自分の力を発揮することが、この世に生まれた、私たちの使命なのである。

それを見出すことが出来た時、人は人として最も輝くことができると強く信じて。

自分を守るということ

自分を守るということを知らずに育ってきた人たちは、何故こんなにも、つらいこと、苦しいことに出遭ってしまうのだろう。

自分を守るということは、人として生きる基本であり、生きる上で最も大切なことである。

自分を守りながら生きていく手段を知らずに生きることは、自分を破滅に導く。

だからこそ、人は人を頼りにし、自分のありのままの思い、気持ちをぶつける場所も必要となる。

自分のありのままの思いをぶつけることが出来た時、人は悲しみや苦しみから救われ、未来が広がっていくのである。

自分本来の可能性に気づくのである。

そこには、自分を守る手段を知った大人の自分が必ずいることを信じて……。

自分を守る手段を、沢山の人との出会いから学び、恐れずに前へ進んでいこう。

生きる力を身につけるということ

人は、それぞれ困難に出遭い、その中で迷い苦しみ悩み、困難に立ち向かっていこうとする姿から生きる力を生み出していく。

恵まれていないからこそ、自らの手で創り出していかなくてはならないのである。

自らで考え、よりよい方法を身につけることが大切なのだ。

生きる力を身につける。それは人の可能性を無限に広げていく。

出来なかったことが出来るようになり、いつの間にか成長へと導いていくことができる。

生命力が輝きを放っていくためには、自らで見出し、自らで創り出す心が必要なのだ。

生きる力とは、自らどんな困難も乗り越える力をつけるということだ。

無理をするということではなく、自分の心と身に相談しながら、見つめ直し、自分というものを発見しながら進んでいこう。

生かされている喜び

人は何故生きているのか。

何故、この世で生かされているのか。

その答えは自らの心の内にある。

自らが、その答えを見出し、一日一日を充実した一日にしようとする心の中に幸せがある。

充実した生活とは何か。

それは、自分がこの世の中での役割をしっかりと見直し、その役割を果たすことにある。

自分というものの役割を見出し、生きている喜びを感じる積み重ねをしていくことが生かされている喜びへと通じるのである。

人は、自ら尊敬できる師や人たちに出会う時、特に、生きている自分の輝きを放つことができるのである。

信じる心を忘れず、日々可能性を高めていきたい。

生きる力は信じる心にあり

何不自由なく暮らしている人など、本当は何処を探してもいないのかもしれない。

また、それを求め過ぎるのも人の生きる力を失わせる原因になるのかもしれない。

人は、努力をするからこそ、生きているという実感が得られるのだ。

人は、自分との心の対話をし、自らの生きる力を手探りで見つけ出していくために生きている。

自分がいやされたいと思うなら、自分のいやされることを探し続ければいい。

自分が強くたくましい人間になりたいと願うなら、自分の力を信じ抜くことが何よりも大切なのだ。

信じる心を磨き、どんな困難をも乗り越えたいと思える時が来た時、新たな道が開かれていくのだ。

心を磨くということ

それは、自分の中にこんな気持ちを持ち合わせたいと願う心にある。

こんな気持ちがあったら、人に優しく、自分にもプラスになるのではないかと思う心にある。

心を磨くためには、自分に必要なことを見極めるということも大切になってくる。

心を磨くためには、磨かれている人に出会い、磨かれている人の本を読み、自分の中に少しずつ取り入れてゆけばよいのだ。

自分の心を磨きたい。輝きを心の内から放つ人になりたい、と願うなら、よい師に、よい人に出会い、その努力の仕方を学んでいくべきなのである。

人だからこそ、自分の力で磨くことができるのだ。

私は、心からその幸せを感じて生きていきたい。

七　生きる力を見失うということ

自ら命を断つということ

自ら命を断つということは、何と淋しいことだろう。

何故、人は死を選ぶ必要があるのだろう。

自分の悩みを自分の中だけで解決することは、悩みをどんどん膨らませてしまうことになるのに……。

悩みの解決策はいくらでもある。

悩みに、自らの力で立ち向かうと決めた時、人の助け、助言が必要になってくる。

人の支えなしでは孤独になってしまうのだ。

人は死を選んだ時こそ、周りをもっと見渡すことが大切なのである。

解決策はおのずと見つかるのだから。

自死によって、残された人も、とても悲しく、自責の念にかられ、日々の生活すら、いつものように出来ない程、力を落としてしまう。

人の死は、とても悲しく辛いもの。

人は、とても尊い。

人だからこそ、出来ることを見出す力があるのだと信じ、もう一度見つめ直して欲しい。

そこには、きっと新しい人生が開けると信じて……。

他人の責任を背負うということ

他人が向き合わなければならないことに、自分自身が責任を背負ってしまうということはどんなに罪深きことか。

例えば、借金がそうである。他人が作った借金を、私自身、身を削り返したことがあった。

そのことによって、返してもらった人は、お金を借りるということを、あまりにも重要視できなくなり、簡単なことと解釈し、借りることに抵抗すら感じず、結局また同じことを繰り返していた。そして、自らで返すことになった時、どうにもならなくなり、自分自身を苦しめていたのだった。

その人自身が、責任を持って返そうとした時、返す力がついていない、乗り越える力がついていない状態で返していることになる為、ついには、借金を大きく膨らませていたのだ。

悩みは誰にでもある。だが、他人の責任まで背負ってしまうと、その人自身の生きる力、生きる方向性までも見失ってしまうことにつながるということを心に刻む事が大切である。

そういう意味で、自分のしてきたことに、責任を持って生活していきたいと思う。

人はラクな方へ逃げたがるが

人が、自らの問題から、悩みから逃げることばかりしている時、その悩みは、さらに問題を大きくすることになる。

例えば、自分の気持ちを出す所がなく、出すことができず、アルコールやギャンブルで気を紛らわすこと。

そのこと自体が、その人の心を支配し、そのことでしか生きる価値が見出せず、そうすることが生きることになってしまい、ついには、全てを失い、もしくは、自ら死を選ばなければならない状態にまで追い込むことすらある。

人は悩みと向き合うために生きている。

そのことを忘れ、ラクな方にばかり逃げていると手に負えないほどの悩みの深みにはまってしまうのだ。

まずは、自分の問題に気づき、自らの手で道を切り開いていくことにこそ、人間として生きる道へとつながっていくのだ。

八　自らの心を無視し続けること

いじめにあったと思ったら

いじめにあうということは、悲しく、とても辛いことである。いじめている相手は、そんなつもりはないとしても、本人がいじめられたと思ったり、傷ついたと感じたならば、それはもう、いじめなのだ。

だが、いじめにあったと思った時にこそ、傷ついた心の傷をより深くしないためにも、自分を責めることはしない方が賢明である。

こんな弱い自分だから……。ダメな人間だから……。と自分を追いこむことは、ただ自分を苦しめるということになるからだ。

だからこそ、いじめにあったら、早いうちに心をいやすことを勧めたい。

そして、そんな時こそ、自分の良い所を見出してくれる、褒めたたえてくれる人に出会うこと、自分で自分のことを褒めてあげるのもよし、自分の良い所に気づくことが出来ればそれが自信となる。自信につながるということは、自分の強さを見出すことになる。

キレイな物、いやされる物の空間を探し出したり、創り出すことも、新たな才能の開花につながることもある。

傷を深めずに進んでいくことが大切である。

そして、その傷がいえた、そう思えた時に自分を見つめ直し、高めていけばよいのだ。

人は自らの心の声を無視し続けていると

人は、自らの本当の声を無視し続けていると、心が悲鳴をあげ、やがては心や体に病をもたらす。

自らの本当の気持ちに耳を傾けること。

体を休ませたい。心を休ませたい。心をいやしたい。好きな服を着たい。好きなことをしたい。愛しい人と多くの時間を持ちたい。など、忙し過ぎると聞こえてこない、自らの気持ちと向き合うことが、病を遠ざけることへつながるような気がするのだ。

気の進まないことをし続けたり、自分の気持ちと正反対のことばかりしていると、心が疲れてしまうのは、そのためだろう。

いつも心を、すがすがしいものにしていくためには、自ら進んでしたいと思えることを選び、その積み重ねをしていくことが大切なのだ。

そうすることで、心が安らぎ、いやされ、より輝ける、生き生きとした自分へと生まれ変わることができるのだ。

九　そこにあるもの全てに

全てのものに輝きを

人は、喜びを感じる心を強く持てるようになった時、幸せが徐々に、自分の所へ近づいてくる。

人は、努力を惜しまず、自分の生活をよりよいものへ変えていこうとする時、新たな道が開かれていく。

人は、自分というものを、より輝かせるために生きている。

人は、どんな人、物、事柄をも輝きに変える力を持っている。

全ての物、人に命をふきこむような人になりたい。

全ての人たちに生きる力を与え続ける人になりたい。

そのためには、一日一日をより充実した日に変える努力が必要になってくるだろう。

まずは、日々の積み重ねの中から、一つ一つのこと柄で物に命を少しずつ与えていこう。

自分に、人に、喜びを与え続けるような人へと成長していきたい。

悩みは、つきないものだが

悩みの多き日々は、人に実りをもたらし、深みをもたらす。

人生における悩みとは、その人にしか乗り越えることができない大きな課題なのである。

その大きな課題も、日々、自分を見つめ直し、人との巡り合い、出会いを大切にしていく中で、大きくも小さくもなってしまう。

悩みは、人を成長へ導く糧なのである。

悩みと立ち向かっていく勇気こそ、私たち人間が本来与えられた、財産なのである。

その財産を、どう扱うべきなのか、よく考え、行動した人こそ、やがて、大きな成長の喜び、福を得ることになる。

自分の悩みも、人の悩みも、人生の糧として生かしていける自分になりたいと強く願っている。

十　苦しみの時にこそ

苦しみの中で……

愛しい人を自死で亡くすことが、こんなにも辛いことだとは気づかなかった。母の死の時は、悲しみに必死でフタをしていたからこそ気づかなかったのかもしれない。

愛しい人との出会いから、今日に至るまでの思いを巡らせ、苦しい日々が続いている。

涙が、つぎつぎと溢れ出て、似た人を見つけただけでも胸が苦しく胸が熱くなってしまった。

似た人を、熱い視線で見ても、ただただ、苦しくなるだけとわかっていても、その姿を追いかけたくなる衝動にかられてしまう。

全く違う人なのに、私は、今でもあなたを追い続けている。

あなたに心の底から会いたいと願う自分がいる。悲しいぐらい愛しているのだ。

この思い、いつか断ち切れる日が来るのだろうか。思い出として、自分の心の中で割り切れるような日が来るのだろうか。

だが、この思いがいつか心の中の優しい思い出に変わった時、またきっと、いつか必ず私に見合った人と巡り合うことができる。そう信じて生きていきたい。

希望だけは捨てずに……

人生において、何事にも希望を抱くことが大切である。

暗闇の中にいる時こそ、希望だけは捨てず自分を磨くべきなのだ。

これから、おとずれるであろう幸せのために、沢山、心の財産を増やしていくべきなのである。

その心の財産が、きっと人の役に、自分の役に立つ日が来る。生かされる日が来る。

希望は、人を明るく照らしてくれる。

希望を持ち生活するということは、人を幸せな気持ちにさせ、人を明るくさせる。

一つ一つの幸せを掴むために生きようと、前向きな自分へと生まれ変わるのだ。

今は苦しくて仕方がなくても、希望があれば乗り越えられる。私は希望を捨てない。

私は希望を胸に抱き、新たな幸せへと向かっていきたい。

▒ 人を愛した記憶

人を愛した記憶とは、どんな形であれ、かけがえのないものである。

人を愛さなければ、わからなかったこと、知り得なかった世界が沢山ある。

人を愛することで、様々な感情が目を覚まし、人をより豊かにしていくのだ。

人は、人を愛するために生きている。

自分の熱き思いを知るために生きている。

心が徐々に温かみを増していく姿を通して、人を思いやる大切さを学んでいくのだ。

人は人を愛した分だけ強くなれるのはそのためだろう。

人は、人を愛していてもそのことに気づかないこともあれば、他に気を取られてしまうこともある。

だが、その経験も、より人生を豊かにするためだったのだと気づきさえすれば、
人はいつでも人を愛する強い人へと生まれ変われる。人を愛した記憶、それは私

にとってかけがえのない財産である。

あとがき

私の心に、様々な気づきを与えて下さった方々に感謝します。この思いを読んで、日々の生活をより輝くものへ変える手助けにして頂ければ幸いです。

悲しみの中にいる私に希望を下さった沢山の方々に感謝し、我が子二人に愛情を注ぎ続けられる存在になっていきたいです。

著者プロフィール

渡邊《わたなべ》 美保《みほ》

1975年福島県に生まれる。
最近、夫を自殺で亡くす。
悲しみと闘いながら、子育て、家事、仕事と日々の生活に奮闘中。

生きる喜びをもう一度

2010年2月1日　初版第1刷発行
2010年4月20日　初版第3刷発行

● 著　者　渡邊 美保
● 発行者　米本 守
● 発行所　株式会社日本文学館
〒160-0008
東京都新宿区三栄町3
電話 03-4560-9700（販） Fax 03-4560-9701

● 印刷所　株式会社平河工業社

ISBN978-4-7765-2148-8